amantíssima

Conceição Freitas

amantíssima

Ilustrações de Fernando Lopes

L·G·E EDITORA

LGE Editora Ltda. SIA Trecho 03 Lote 1.760
Tel.: (61) 3362-0008 – Fax: (61) 3233-3771
lgeeditora@lgeeditora.com.br
www.lgeeditora.com.br · www.lojalge.com.br

EDITOR: Antonio Carlos Navarro

ASSISTENTE EDITORIAL: Nelson de Oliveira

AUTORA: Conceição Freitas

ILUSTRAÇÕES E PROJETO GRÁFICO: Fernando Lopes

Revisão: Eduardo Pinho

IMPRESSÃO E ACABAMENTO: LGE Editora Ltda.

Dados Internacionais de Catalogação na Publicação (CIP)

Freitas, Conceição.
Amantíssima. / Texto de Conceição Freitas; ilustrações de Fernando Lopes . — Brasília : LGE Editora, 2009.
40 p. il.

ISBN 978-85-7238-405-6

1. Literatura brasileira. 2. Conto. I. Lopes, Fernando, il. II. Título.

CDU 82.34

"Não é tempo daqueles que
amam libertar-se do objeto
amado e superá-lo, frementes?
Assim a flecha ultrapassa a
corda, para ser no voo mais
do que ela mesma"

Rainer Maria Rilke

O desejo brotou numa menina de olhar assustado e curioso diante de um mundo encharcado de tesão. Dividia-se em dois, o mundo. O de sua casa de vila e o resto. Casas de madeira penduradas como palafitas sobre leito seco, adiante um canal de esgotos aberto escorrendo a meio palmo da porta da rua, siris brincando de esconde-esconde na lama, imundícies de todos os tamanhos e formatos deslizando vagarosamente no caldo grosso. Estrada Nova era o nome da rua, casas de um lado e de outro do canal. Ao fundo, o rio Guamá contornando o bairro e bordeando a cidade de quase 400 anos.

Uma ponte remendada de madeira dançava sobre o canal de imundícies e dançava mais ainda sob o peso dos carros, das carroças de carvoeiros e dos caminhões que se atreviam à travessia trôpega. Quem passava sustentado somente nos próprios pés tinha de escolher onde pisar. Um pé, o outro, um buraco, outro, uma tábua solta, outra, um prego enferrujado, dezenas de outros. O pé hesitante forçava o peso no trecho sob suspeita e se nada acontecesse o outro pé avançava mais um passo. Assim até chegar ao outro lado.

Quem atravessava a ponte, se lançasse o olhar para a esquerda, veria a franja do rendevu na curva do final da rua. As palafitas proibidas flutuavam em leito pantanoso,

insinuavam-se e sumiam na dobra da rua, uma provocação geográfica para os que viviam antes da esquina. Desde cedo, Maria Chica soube da existência do puteiro. Ele fazia parte intermitente das conversas de adultos que as crianças adoram ouvir e que ouvem bem mais do que os mais velhos são capazes. Falavam do proibido e ela sentia na voz dos homens e das mulheres um tom lascivo, um desejo escondido de gozar do mundo prazeroso da ponta da rua. Maria Chica fazia de tudo pra não olhar pra esquina onde o horizonte mergulhava na gosmenta luxúria, mas olhava, se desobedecia e olhava de novo. Medo e desejo de ser engolida pela umidade libidinosa da Amazônia.

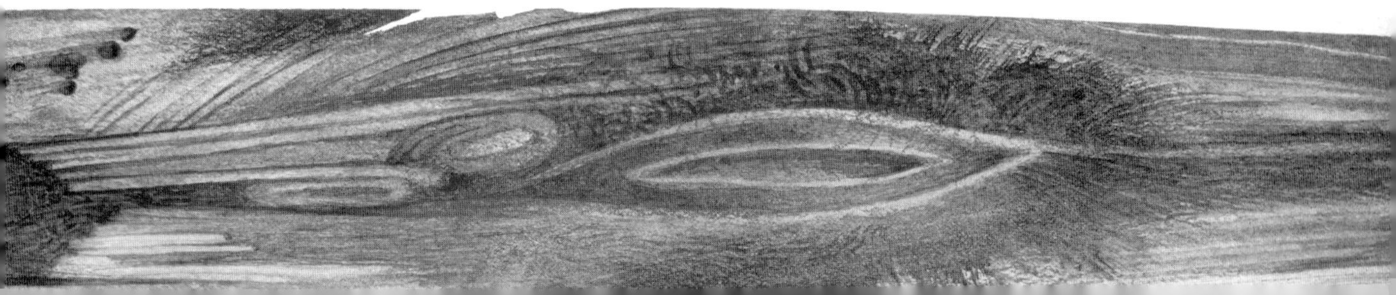

Nem era preciso olhar pra tão longe. Se virava o nariz para a direita, sentia o cheiro gozoso do sexo rangendo o chão de madeira da casa três números adiante. De dois andares, longos corredores e de uma promiscuidade incestuosa, mais perturbadora ainda. Mães, filhas, filhos, cunhados, irmãos, noras, genros (cadê o pai?). Uma família que misturava corpos, escancarava pernas e bundas uns para os outros, e disso toda a vizinhança sabia, mas ninguém abria a boca nem pra fofoca. Era uma intriga muda, uma perturbação ubíqua, por demais. O reino proibido e libertino do sexo, um rendevu elevado à máxima potência da proibição.

Foder era a palavra mais proibida dentre todas. Só os meninos muito boca-suja falavam fuder, com U, pra ser ainda mais penetrantemente proibida. Maria Chica pronunciava "fuder" em pensamento, se imaginava uma das mulheres malfaladas do final da rua, e adorava. Os meninos mais nojentos da rua falavam fuder e fudiam com as safadinhas da casa três números adiante. Maria Chica lia literatura de menina-moça,

mas se tirava o livro dos olhos o que via era a maldição do sexo escorrendo pelas frestas das casas de madeira, pelos porões e quintais, longos quintais apinhados de árvores amazônicas – pés de ingá, de jenipapo, de abil, uxi e abricó, nomes, formas e cheiros que dilatavam ainda mais os sentidos do corpo. Maria Chica tinha medo de escorregar na descoberta do sexo e nele se perder.

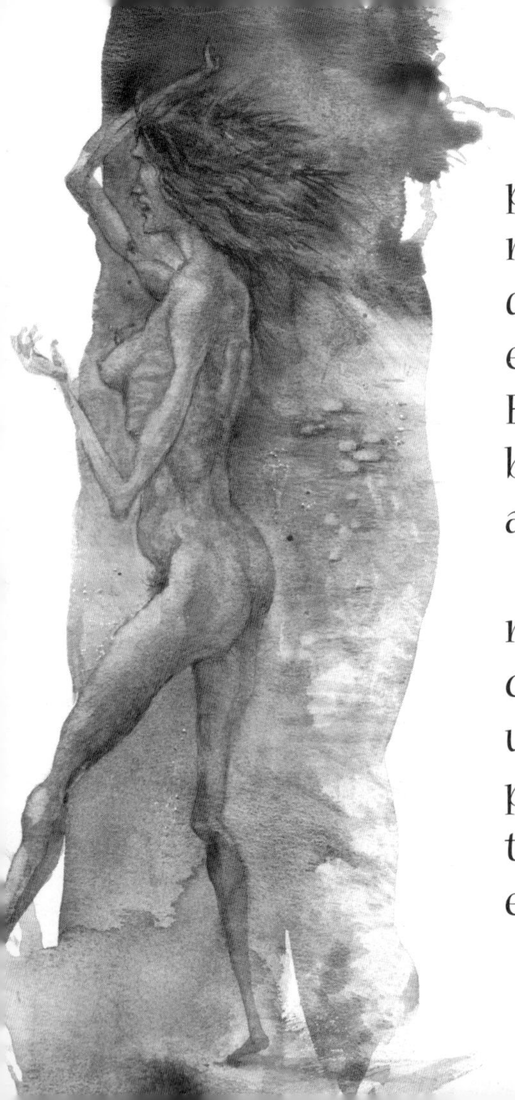

Ela sabia que se perderia, não aquele perder que se dizia antigamente das moças que entregavam o cabaço antes do casamento. A perdição aterrorizante era outra: temia ir pra nunca mais voltar. E se ela ficasse igual à louca da rua de baixo, que de vez em quando atravessava a Estrada Nova peladona de tudo?

Não havia dia em que Maria Chica não olhasse para a casa de corredor comprido, aberto para o quintal, como um motel americano de beira de estrada, portas abrindo e fechando, gente de todas as idades se esfregando pra entrar e gente saindo depois de se esfregar.

Era muito para uma garotinha. Então ela punha o nariz pra frente, nem prum lado nem pro outro, para a frente, e imaginava, por detrás daquela fileira de casas, o rio Guamá e do outro lado dele a Amazônia virgem, potente, completa, majestosa, margeada por um rio de águas ora barrentas ora pálidas ora verde-azuladas ou azul-esverdeadas, aquietado na sua condição de água que corre com destino certo, sem ebulições nem redemoinhos nem ondas nem gemidos nem nada que pudesse atordoá-la.

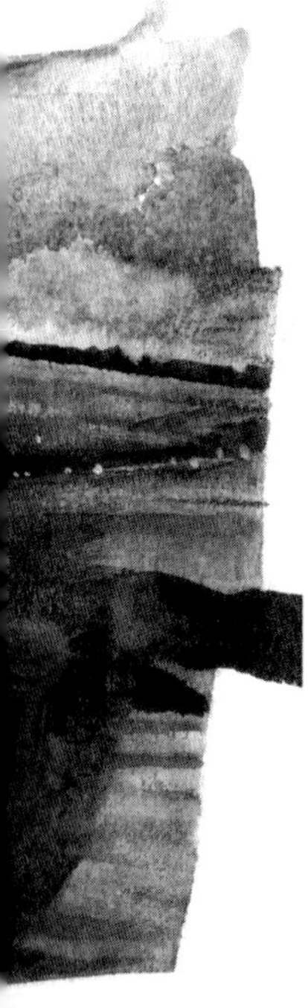

De madrugada, acordava para ouvir o arrulhar dos motores dos barcos de madeira ancorando num trapiche capenga. Era quando se livrava dos pesadelos e das excitações daquele lugar sem lei. O rio dava passagem para a Amazônia profunda, pras cidades ribeirinhas que tinham na água do chão seu único caminho. A perturbação de Maria Chica se dissolvia no sussurro nervoso dos barcos e das voadeiras e ela imaginava o rio emprestando serenamente seu leito manso às máquinas e aos homens e seguindo, imperturbável, seu próprio caminho.

Entre Belém do Pará e o Brasil abaixo havia tão somente uma estrada no céu, exclusiva dos ricos ou dos sortudos que conseguiam uma carona da FAB, e uma na terra, para os aventureiros e pobres em geral.

Era a Bernardo Sayão, dois mil quilômetros de chão bruto em linha reta desbravando selva arredia e traiçoeira, estrada que açoitava índios, assustava caboclos e atiçava a ganância dos novos colonizadores, os grileiros de terra, os oportunistas da hora. Estrada mítica, desbravada por um herói de queixo quadrado e envergadura de John Weissmuller. Abatido por uma árvore de compleição amazônica, o engenheiro carioca morreu 16 dias antes do encontro das duas frentes de trabalho, a que saiu do Pará

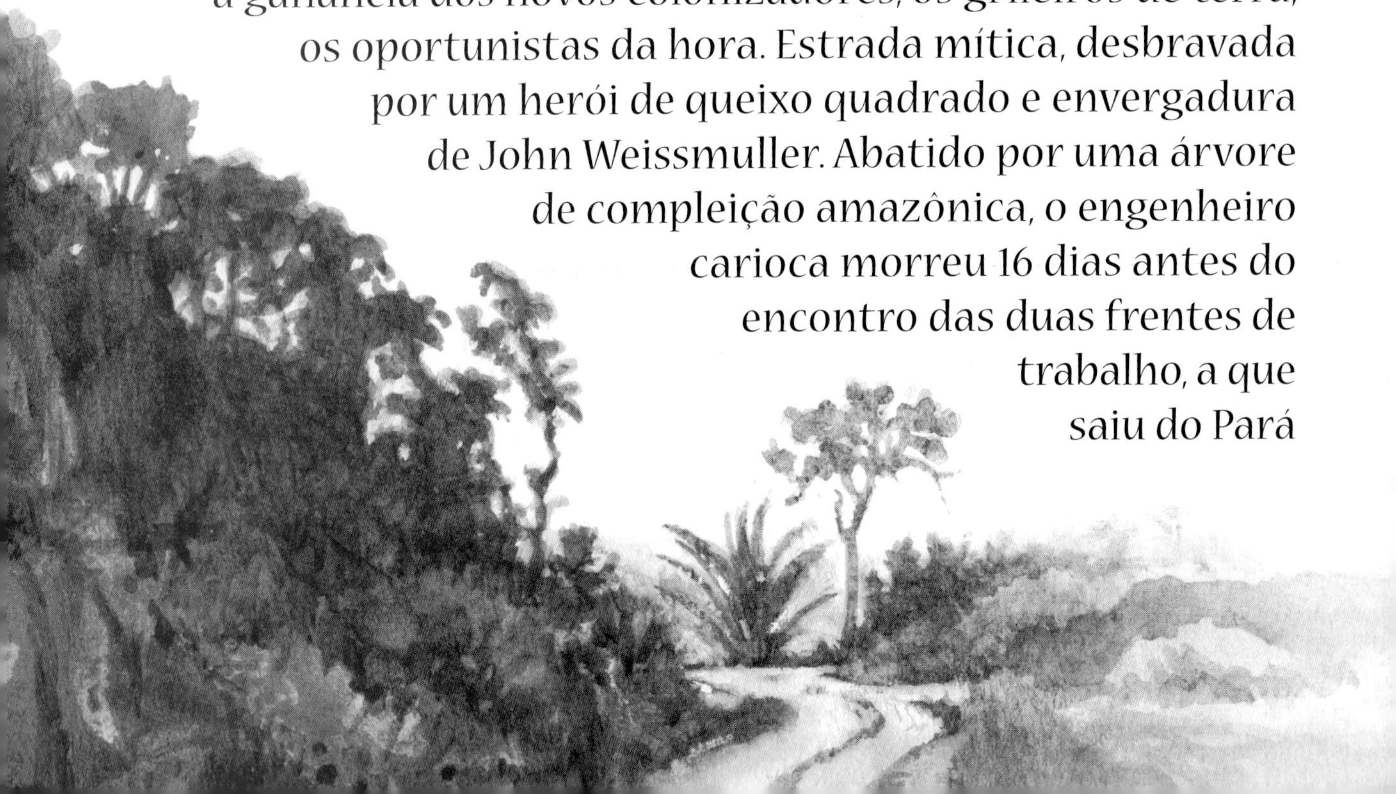

e a que saiu de Goiás, num lugar que passou a se chamar Ligação, onde se completou assim o fio de terra nua, mais tarde asfaltado, ligando o centro ao norte do país. O pai vivia mais longe que perto, do outro lado da rodovia. Mandava cartas e telegramas, sempre dizendo assim: estou aqui, longe, mas estou aí, perto. Uma carta para a mãe, outra para a filha. Despachava encomendas pela Varig. Quando a mãe chegava com o pacote pardo, a menina descasava do contínuo tumulto dentro de si, náufrago que boia depois de terra à vista. Se o pai não dava sinais de vida, Maria Chica continuava anestesiada – em estado de suspensão.

Não conversava com ninguém, não prestava atenção em nada, tanta a perturbação que todo o ao redor lhe causava. Não tocava em ninguém e nem se deixava tocar, não distinguia cores nem cheiros. Vivia dois palmos acima do chão. Meio existir, meio não existir. Sem o pai, ela era uma promessa não cumprida de ser humano. (Criança precisa do olho verdadeiro de um adulto pra nele sustentar sua ancoragem no plenamente viver.)

Era quase sempre de madrugada que o plenamente viver chegava. Vinha de jipe Toyota, vermelho dos pés à cabeça, dos pneus ao capô, do cabelo às botinas. Camadas grossas de lama rubra e grudenta. Depois de meses, o pai entrava em casa, imenso na sua robustez de aventureiro, pele explodindo em sangue, braços largos e peito aberto para a filha.

Abria a mala e ela cuspia um cheiro ocre de carne de sol abafada, às vezes corroída de larvas. Tijolos de doce de leite, de banana, de buriti e de goiaba, linguiças de porco, delícias do centro-sul para a família e os amigos do norte. Revistas, revistas. O Cruzeiro, Manchete, Grande Hotel, Sétimo Céu – a primeira revista de fotonovela em cores. Era longa e demorada a distância entre Belém e as revistas e jornais do sudeste.

A primeira vez que Maria Chica viu a assinatura do pai no remetente enxergou um poema, uma obra de arte, um lampejo de vida além da vida vidinha de respiração contida e medo de errar, deslizar, se perder, se lambuzar no sem limite de tudo o que a rodeava. A letra fina do pai caída pra direita, se arrastando no chão da linha do papel de carta, dando saltos intermitentes, dançava aos olhos da filha, fazia carinho no seu coração de menina meio órfã, meio amada, meio largada, meio adorada.

A assinatura do pai era a confirmação de que ele existia e, portanto, ela também.

Se o pai existia, então ela ia dar conta de atravessar a vala funda que separava a vila do asfalto por onde passava o ônibus. A jardineira gordinha trazia escrito na testa: Cidade Velha, bairro antigo, com seus casarões de azulejos portugueses, igrejas seculares e palacetes da época do dinheiro vindo dos seringais. Era a travessia de mundo a mundo, o sacolejo preguiçoso que a levava a um lugar que era velho, mas pra ela era novo, onde não havia porções flutuantes e nojentas a céu aberto. A jardineira arredondada e rouca levava a menina pra longe da miséria sombria,

do sexo viscoso e dos bandidos que eram manchetes dos jornais. Maria Chica era muito assustada.

O bandido mais famoso da cidade morava ali perto. Cara de Cavalo era o dono do dia, da noite, do trovão e da chuva. Quando ele aparecia na primeira página do jornal, todos se juntavam numa rodinha para ler, extasiados, a notícia da última maldade do facínora, como dizia o texto, do herói, como sentiam os vizinhos. Cara de Cavalo punha a Estrada Nova no mapa, mandava, desmandava, fazia e desfazia. Um dia Maria Chica dois pés acima do chão sentou-se na calçada quente do meio-dia e desenhou com um pedaço de carvão a cara de um cavalo. Alguém mandava naquele mundo escorregadio. Havia lei sim.

Quando o pai chegava, a menina se ancorava na existência do mundo. O pânico, o medo, a perturbação, tudo acabava. Ela voltava a respirar, a ouvir sons, a escutar o barulho das gentes, a sentir os cheiros ao redor. Descongelava, agora podia. Tinha alguém ali pra se pôr entre ela e o mundo ora tentador ora aterrorizante. Com ele, ela podia olhar pela fresta e enxergar a vida lá fora certa de que não ia se perder de todo, fosse de terror fosse de prazer.

Um dia o pai trouxe um álbum com fotos inacreditáveis de uma nova cidade sendo construída. Como se o céu tivesse caído sobre a terra e então começasse a ser habitado pelo homem e por tudo aquilo que o transforma em civilizado. Tudo surgia do zero e cada surgimento dava sentido ao que antes existia como mistério e silêncio. Maria Chica folheava o álbum entremeado de folhas de papel-manteiga e aquelas imagens entravam feito sangue quente no corpo adormecido da menina. Era aquele o lugar que atraía o pai pra longe dela. Deveria ser muito bom, então, pra ele ficar tanto tempo fora. Lugar impetuoso, de coragem, de força e de aventura, como o pai.

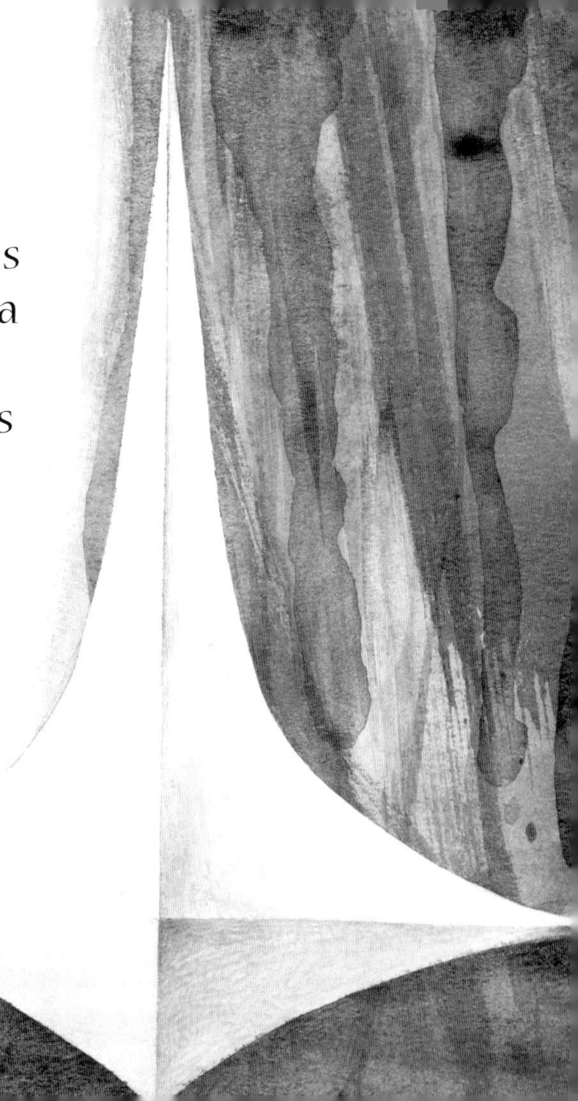

Até que um dia, a Belém-Brasília tragou o pai de vez e a menina congelou todos os sentidos, dali em diante sem nenhuma promessa de janelinhas de descanso. Ouvir só o necessário, ver só a imagem fosca e estanque, sentir vagamente o gosto do doce e do salgado, do quente e do gelado, boca, olhos, ouvidos, tato, tudo funcionando só o suficiente para lhe permitir parecer viva aos olhos do mundo. Andarilha em coma ambulante, lá foi ela viver nos vãos do medo. Corpo mudo, fantasma semovente, Maria Chica fazia de conta que vivia.

Tudo tinha ficado entre Belém e Brasília, nem em Belém nem em Brasília, mas no ir e vir, na estrada em linha reta bordeada de selva amazônica e de cerrado, de cidadezinhas de peito aberto para a pista, de caboclos, sertanejos e da gente vermelha e branca do sul, os novos colonizadores da Amazônia naquele tempo.

Durante muitos anos, ela fez e refez a estrada, de uma ponta a outra, uma, duas, meia dúzia de vezes. Procurou o pai na raiz profunda das árvores retorcidas do cerrado, na mais miúda folhagem da mais inalcançável copa das árvores exuberantes da Amazônia. Cega e surdamente, pulava de traço em traço sobre uma sucessão de abismos na linha pontilhada que era a sua vida. Maria Chica não sabia nomear o que lhe faltava, só sentia a falta, vácuo infiltrado no peito.

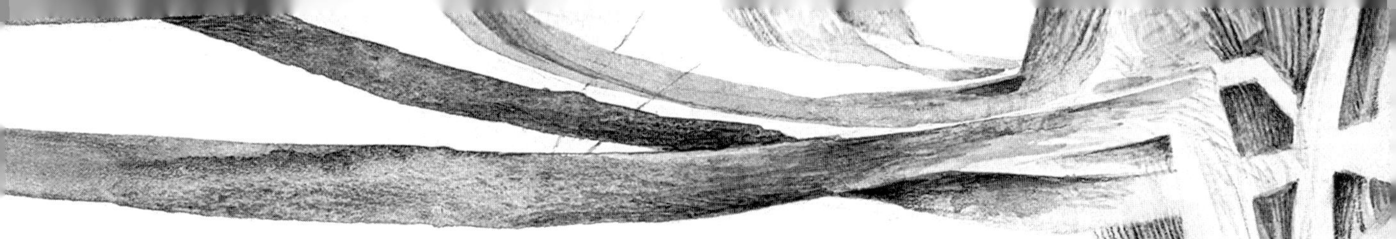

Um dia a menina se cansou de procurar o pai na rigidez do asfalto e na paisagem mutante das cidades às suas margens. Era hora de deixar definitivamente o norte e atravessar o mundo até chegar à outra ponta. Cada quilômetro Brasil abaixo era um passo em direção a algum lugar não nomeado, mas que ela intuía ser o único possível de sobrevivência. A menina desconfiava, sopro suave e silencioso, que o pai estava mais perto de Brasília do que de Belém.

Quem sabe na cidade do álbum de fotografias cobertas com papel-manteiga Maria Chica recuperaria a capacidade de ouvir, falar, cheirar e tatear? Poderia então sentir o gosto verdadeiro do viver. Se antes vivia pontilhadamente, em espasmos que o pai lhe oferecia a cada vez que completava os dois mil quilômetros de estrada, agora, na sua ausente existência, a menina precisava da materialidade da terra, da ranhadura da casca das árvores, da poeira enferrujada e escandalosa, do barulho estrepitoso das pedreiras, do chão pedregoso pra lhe ferir a sola dos pés, e lhe trazer o tato de volta e lhe avisar da existência de uma possibilidade.

Havia um truque que ela repetidas vezes exercitou sem saber que era truque, sem saber que exercitava, sem saber que com ele sobrevivia.

Era a invenção do amor. Desde bem menina se apaixonava caudalosamente, pororoca vinda do rio e estourando no mar de sua solidão de afeto. Primeiro, o vizinho para quem ela olhava de rabo de olho da janela da sala. Era todo o contato que ela tinha com o seu amado, mas com esse vislumbre ela fazia uma festa no coração. Maria Chica celebrou o primeiro amor montando o nome do amado com letras de macarrão e escondendo a palavra sagrada entre duas telhas de barro (um dia a chuva desfez o nome amado e as letrinhas escorreram cada uma prum lado).

Maria Chica amava e enlaçava com linha fina de costura o seu amado. Foram muitos os amados, mas poucos sentiram o fio invisível indo dela a ele, contornando os dois e voltando pra ela, solitária amante do amor. Amou bandido, policial, professor, lavrador, camelô, doutor, vencedores e vencidos, bonzinhos e malvados, mais malvados que bonzinhos. Amou o mesmo sexo e quem não gostava do seu sexo. Cada vez que amava percorria no vão de dentro de si a Belém-Brasília que fundou o seu viver. Cada novo amor de macarrão era um despertar dos sentidos – ver, ouvir, sentir o cheiro, sentir o gosto diferenciado dos temperos, experimentar o tato no próprio corpo e no corpo do outro, Belém-Brasília.

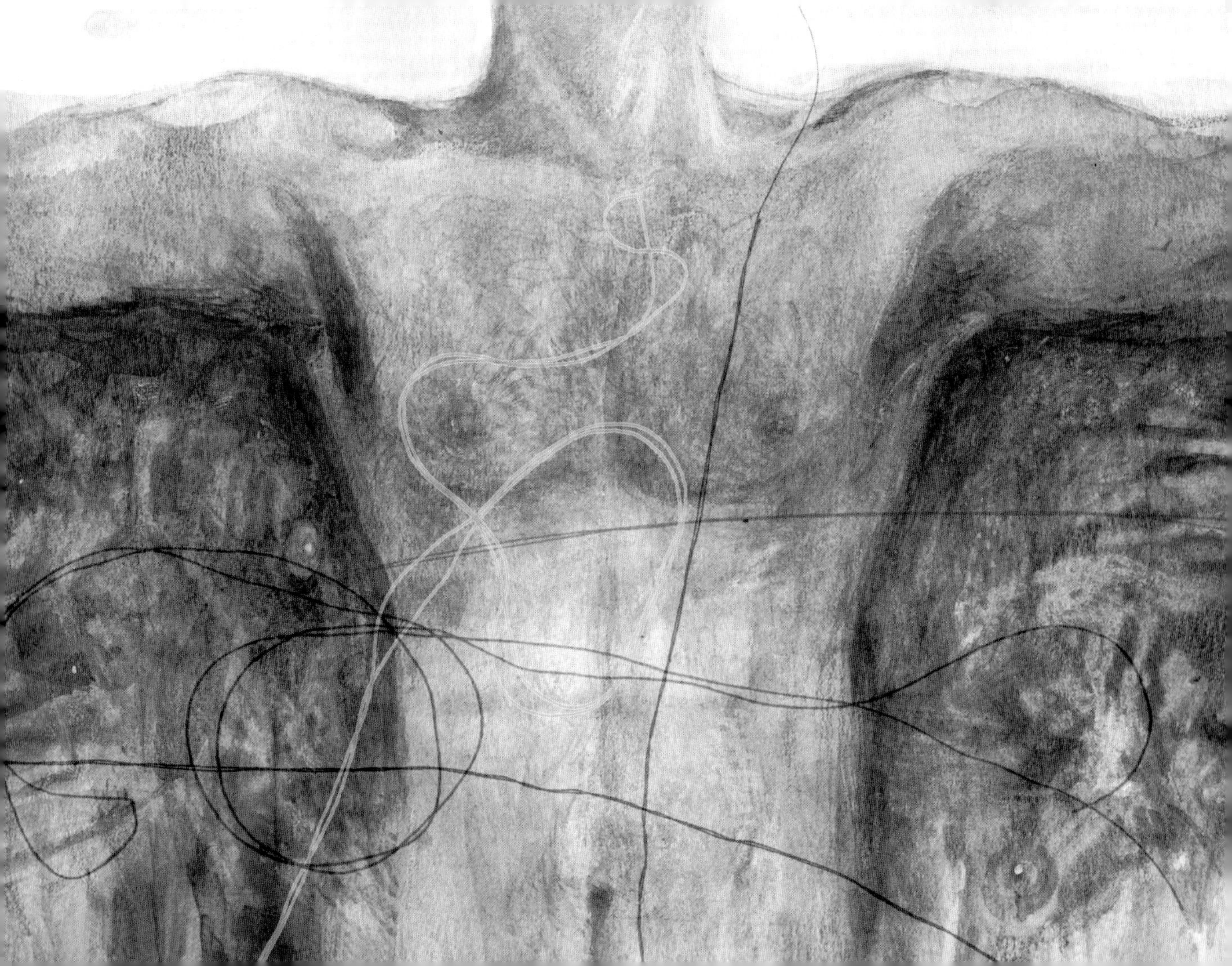

A cada novo amor a menina distendia um pouco mais os estreitos limites de seus sentidos. Via as cores da noite, ouvia o chocalho dos pneus em dias de chuva, sentia o açúcar das frutas, o salgado da pele. Conferia se ocupava mesmo dois pés sobre o solo sagrado da terra. Ocupava. Maria Chica enxertava no corpo a concretude do amor. Quando desamava, os sentidos iam junto e ela voltava ao coma ambulante,

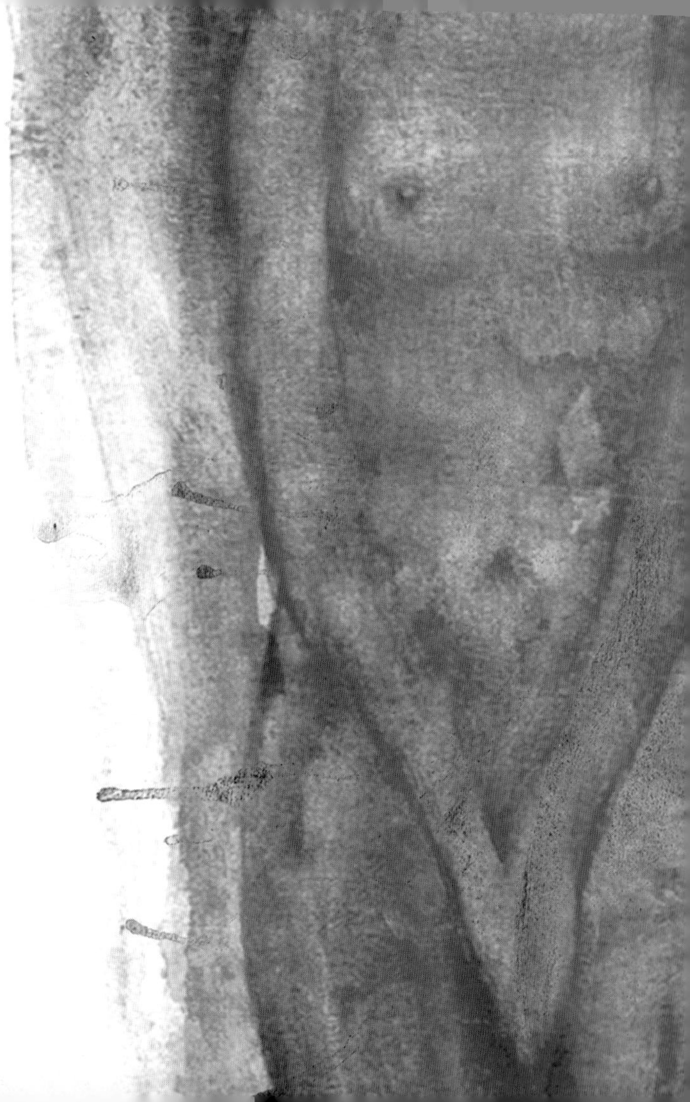

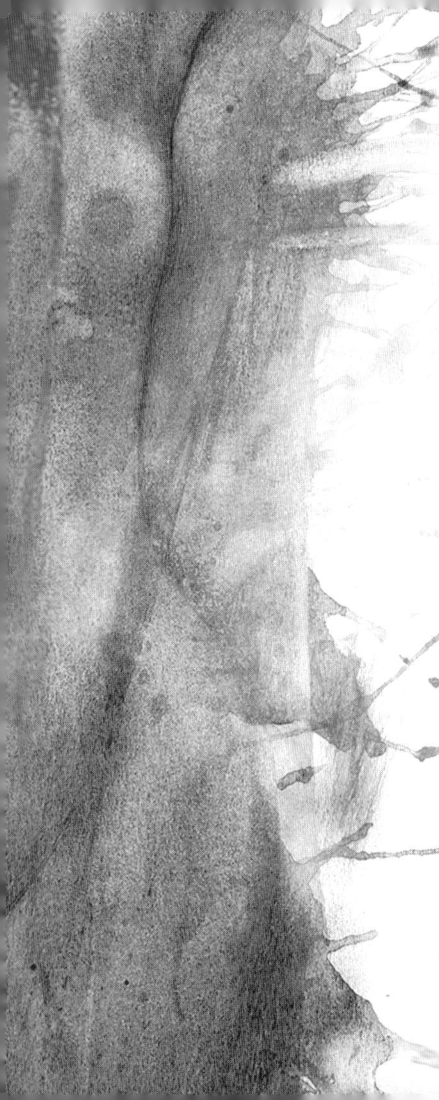

letrinhas de macarrão levadas pela chuva, desmilinguindo-se em lama de trigo cru.

Menina de rua com endereço fixo, casa, comida, profissão e amigos. Silenciosamente esquecida em si mesma. Era preciso eleger novo amor, mas o controle desse jogo não estava com ela. Necessário esperar alguém em quem ela depositasse sua garantia de vida e de sentidos. Que sustentasse, ela queria, a Belém-Brasília desdobrando-se compulsoriamente em novo chão. Talvez nenhum de seus amores tenha sabido disso. Com certeza todos eles estranharam o excesso, o avassalamento, a enchente de sentimentos que jorravam dela como represa desabrida.

Muitos amores mais tarde, a menina amou uma estrela, um cometa, uma fagulha, uma bolha de sabão, um raio incandescente, o exato e inexistente encontro entre o céu e a Terra. Sentiu a concretude divina de amar numa dimensão totalmente desprovida de matéria, um ensaio de vida sem a punção perfurocortante da realidade.

Não teve escolha: era ou era. E agora, Maria Chica não era mais uma menina, fazia muito era uma mulher caminhando para a velhice. O amor chegou desprovido de corpo, era o seu destino e com ele a gente não briga, pega a estrada.

Sem matéria, como amparar a sucessão desnorteadamente vulcânica de explosões no corpo e na alma? O amor irrompia com explosões no peito, como gêiser no deserto. Umidificava o sexo e estourava dimensões até então nunca habitadas. Inexplicavelmente, ela sentia o peito, carne, ossos, artérias, músculos, sangue se enrijecerem para sustentar o corpo que vinha de lá. Virtual, mas por inteiro, ânimo, desacertos, desencontros, apreensões, desejos, vigor, existência ao mesmo tempo incorpórea e concreta, todo ele com ela. Era uma sensação inteiramente real, uma reação física. Nunca Maria Chica tinha sustentado alguém em si mesma.

Aceitou o destino e não deixou nem uma gota d'água do outro lado da barragem. Desaguou até se exaurir, secar, evaporar-se. Chica secou o lado represado do rio e transbordou de inteiro amor. Um mar aflorou dentro dela e ela aproveitou a infinitude das águas para fazer a transposição completa. Se tanto havia, tanto seria transplantado. Maria Chica secou o lado represado do rio e transbordou de inteiro amor. Disse, fez, aconteceu, repetiu, insistiu, entregou-se, redesenhou o seu amor com palavras, do começo ao fim, do fim ao começo, várias vezes. Arriscou-se a matar e a morrer.

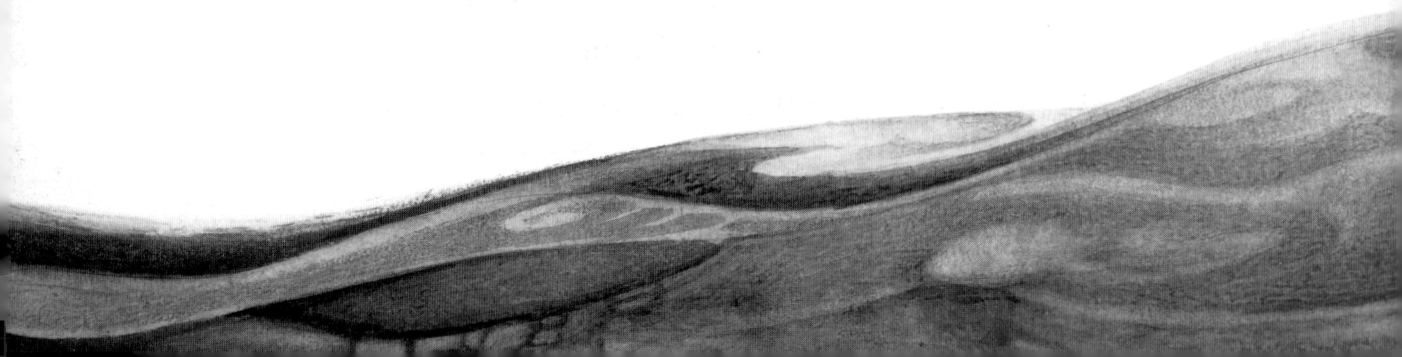

Fosse de excesso, fosse de cansaço, fosse de derramamento, fosse de morte matada ou morte morrida.

Havia, finalmente, se esticado inteirinha na Belém-Brasília, de uma ponta a outra, todo o corpo colado no chão, todo ele, pele, carne, sangue, ossos, experimentado a matéria concreta e real do asfalto e do chão bruto.

— Você me inventou, ele disse, para ter o que nunca havia tido antes.

De inventar ela vivia.

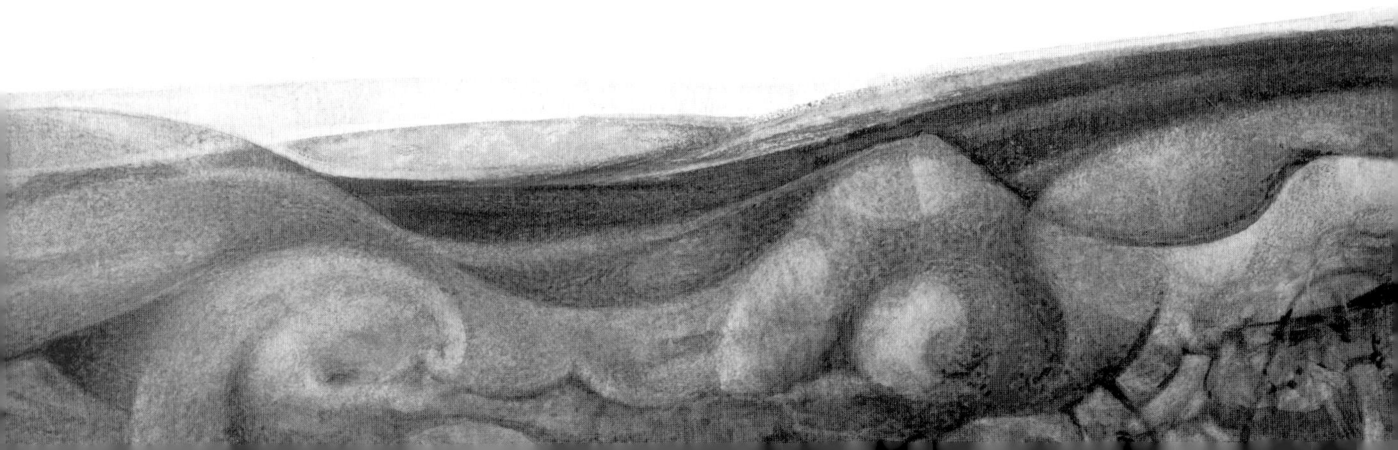

Em apoio à sustentabilidade e à preservação ambiental, a LGE Editora declara que este livro foi impresso com papel produzido de florestas cultivadas em áreas não degradadas e que é inteiramente reciclável.